NOSOTROS CINCO

Quentin Blake

NOSOTROS
CINCO

Corimbo

A Loopy y Corky

Hace no mucho tiempo, en un lugar no muy lejano,
había cinco amigos. Se llamaban

Ángela,

Óscar,

Simona,

Mario

y Eric.

Todos eran fantásticos.

Ángela podía ver un gorrión
posado en una estatua a ocho
kilómetros de distancia.

Era increíble.

Óscar podía oír al gorrión
estornudar.

Era increíble.

Simona y Mario eran tan fuertes
que podían levantar cualquier cosa.
Eran increíbles.

Eric también era increíble,
pero más adelante sabrás por qué.

Un día salieron de excursión
en un autobús amarillo.

El conductor se llamaba Miguelón.

Muy pronto llegaron al campo.

Ángela vio un perro subido
a un muro a varios kilómetros
de distancia.

Óscar oyó
al perro ladrar.

¡Guau Guau!

Simona y Mario levantaron a Eric
para que viera el paisaje por encima del autobús.

Eric dijo: —Em… em.

Siguieron con su viaje
hasta que llegaron a unas colinas.
Allí encontraron el sitio perfecto para merendar.

Tenían bocadillos de queso,
bocadillos de jamón
y bocadillos de tortilla de patata.

Ángela dijo: —Me encantan
los bocadillos de queso.

Óscar dijo: —Los mejores son
los de tortilla de patata.

Simona dijo: —Qué rico.

Mario dijo: —Me podría comer
diez de cada uno.

Eric dijo: —Em… em.

Cuando terminaron
   los bocadillos y estaban
descansando,
   Miguelón dijo:
   —No me encuentro bien.

Entonces se puso verde.

Después se puso blanco.

Y luego se desmayó.

PATAPLAF.

—A lo mejor le sentó mal el bocadillo
—dijo Mario.

—Pobre Miguelón —dijo Simona.

—El corazón le sigue latiendo.
Lo puedo oír —dijo Óscar.

—Tenemos que llevarlo a algún lugar
para que lo curen —dijo Ángela.

Eric dijo: —Em… em.

Así que salieron a buscar ayuda.

Caminaron durante mucho tiempo.

De pronto, Ángela dijo:

—Veo gente.

Y Óscar dijo:

—Yo oigo a la gente.

A lo mejor nos pueden ayudar.

Siguieron avanzando hasta llegar
    a un acantilado que bordeaba un río.

—¿Y ahora qué hacemos? —preguntó Ángela.

¡SOCOR

Eric se acercó al borde
del acantilado y dijo: —Em… em…

RO!

En poquísimo tiempo,

Ángela lo vio venir,

Óscar lo oyó venir.

Y de repente, apareció

¡EL HELICÓPTERO DE RESCATE!

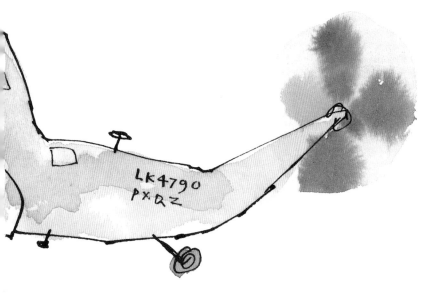

LK4790
PXQZ

Subieron a Ángela, Óscar,
Eric, Simona, Mario
y Miguelón
al helicóptero.

Al día siguiente,
fueron a ver a Miguelón
al hospital.

Se encontraba mucho mejor y dijo:

—¡Vaya rescate!

No sé qué habría hecho sin vosotros.

Y Eric dijo: —Em… em…

¡era un trabajo para los Cinco Fantásticos!

© 2016, Editorial Corimbo por la edición en español
Av. Pla del Vent, 56
08970 Sant Joan Despí (Barcelona)
corimbo@corimbo.es
www.corimbo.es

Traducción al español de Ana Galán
1ª edición abril 2016

Publicado por primera vez en 2014 por the Tate Trustees
de Tate Publishing, una división de Tate Enterprises Ltd.
Millbank, London SW1P 4RG

© Quentin Blake 2014
Título de la edición original "The Five of Us"
Publicado con el acuerdo de Phileas Fogg Agency

Impreso en Barcelona

Depósito legal: DL B. 5002-2016
ISBN: 978-84-8470-541-3